"Per me si va nella città dolente..."
Dante - Inferno, Canto III.

Titolo | Avveniristyc City
Autore | Stefano Perruccio

ISBN | 978-88-31646-18-5

Youcanprint
Via Marco Biagi 6, 73100 Lecce
www.youcanprint.it
info@youcanprint.it

Stefano Perruccio

Avveniristyc City

Youcanprint

INTRODUZIONE

In una Società futura i Partiti politici gestiscono tutto, controllano tutto, anche i pensieri delle persone... come fare ad uscirne?

RACCONTO LUNGO

Segmento primo= Allucinazioni di viaggio.

Ora come ora, ho del tutto perso ogni concezione del tempo, mi sembra di essere da qualche parte in un altro altrove, guardo il mio smartphone: adesso lo trovo davvero molto più luccicante, sottile ed avveniristico! Mi sposto ad un lato, appena al di fuori della grande piazza e guardo il display: sono ad Avveniristyc City e sono entrato nella 25esima ed ultima ora della giornata, si perché dovete sapere che dopo la Riforma del tempo, votata da tutti i Partiti politici all' unisono, ora le giornate sono composte da 25 ore.

Avveniristyc City, per chi non lo sapesse, è per decreto legislativo la Capitale Unica dello Stato di Futuralandia, un Paese in cui tutti dicono che viga la libertà assoluta, a parte alcuni matti che non credono nel sistema dei Partiti e che, proprio per questo motivo, vengono sottoposti al sistema del controllo del cervello tramite il metodo della trasmissione del pensiero a distanza, in pratica le Forze di Sicurezza dello Stato, per conto dei Partiti politici, parlano nel cervello a tutti coloro che si trovano collocati nella sfera dell' asocialita` quindi: schizofrenici, anarchici, autistici, sfiduciati o sovversivi... a volte vengono trattati anche dei semplici borbottatori.

Il disco volante a propulsione termo-nucleare che passa a prendermi mi fa fare un giretto sul pianeta di Sydorius e poi nella Galassia, limitrofa alla nostra, di Antanafa.

Torno esausto e felice dal mio lungo viaggio, entro nella mia casupola in stile finto-cosmico, mi tolgo: casco iperbarico, tuta traspositrice e guanti ermeneutici e mi adagio sul mio lettone concilia-sonno: è un letto in grado di cullarti e massaggiarti dolcemente ed è dotato anche di un bottone con modalità comprendenti 5 audio-registrazioni, a bassa modalità vocale, in grado di addormentarti facilmente:

il primo è un tranquillo vociare di popolo, registrato in un mercato in tonalità di sottofondo

il secondo sono registrazioni di voci materne con frasi tipo: "Dormi, dormi bambino bello!"

il terzo sono semplici formule chimiche

il quarto è la registrazione completa di un dibattito integrale sulla Finanziaria, in Parlamento

il quinto è il contapecore!

Ho un sonno meraviglioso assicurato!

Proprio nel momento che sto per addormentarmi la voce di Moana, sexy-androide, viene a ricordarmi che:

Non ho ancora fatto la doccia

Non ho ancora preso cibarie dal frigo

Ho dimenticato di attivare la macchina registra-sogni

Il modello in dotazione è in effetti un po' antico e prevede solo due funzioni:

A) Sogni a tema libero

B) Sogni a tema predefinito

Ci sono le varie sezioni tra cui, notte dopo notte, si può scegliere (avventura, sesso, amore romantico, amore maturo, depravazioni, intellettualità spinta, avere figli, giocare con gli amici, mangiare e bere, fare sport estremi).

Una scelta molto ristretta, ma la mia casupola è da poveri ed io mi devo accontentare; ah! Esistono anche le opzioni seguenti: uccidere e/o essere uccisi, ma quelle possono essere scelte solo sotto il presidio delle Forze di Sicurezza, il nuovo Corpo nato dalla fusione tra la Polizia di Stato e i Carabinieri, che verificheranno in che modo il sognante svilupperà i suoi sogni di violenza e di morte.

A tal fine, occorre presentare mesi prima domanda in carta bollata e se e quando il permesso dovesse arrivare si andrà a trascorrere una notte in caserma sotto l' occhio vigile dei militi.

Sorrido a sexy Moana e le dico che no! Non ho voglia di fare la doccia e nemmeno di mangiare, se non di avere giusto una pizzetta e una birretta e poi magari di fare all' amore con una donna vera, in carne ed ossa. Moana mi fa un sorriso che a me pare triste, poi mi dice: "Tu sei un altro di quegli uomini che vuole la donna... ma perché deve essere di carne? Noi androidi siamo fatti di uno speciale materiale gommoso che... ma cosa ne vuoi capire tu! A proposito: hai detto che avevi fame? Cerco qualcosa in frigo..." lei però non trova la pizzetta allora mi prepara una pizza surgelata e mi porta una birra ghiacciata in lattina da

77cl. di Eberemint Strong, la birra del momento (la più forte del mondo) con i suoi 33 gradi centigradi!

Appena finita la cena la sexy-bambola parlante Moana mi comunica la seguente notizia: "Essendo lei, egregio signore, appena arrivato nella nostra super-cosmopolita città, il database di Avveniristyc non è riuscito ad individuare nessuna ragazza disposta a venire a letto con lei, pertanto sono stata portata io in questa abitazione per soddisfarla... Moana mi guarda un attimo in silenzio e poi continua a parlare dicendomi: "Ma se lei è troppo stanco per fare l' amore, vorrà dire che domani la sveglierò con un bel bicchiere di latte caldo e dei bignè alla panna: cosa sceglie, signore?".

Segmento secondo= Però questa A. C. comincia a piacermi...

Il rapporto fisico con una bambola sexy-androide è molto strano: è vero che non sono fatte di metallo però anche la loro sostanza gommosa che, ad un certo punto trasuda pure, è un po' anomala per un uomo come me abituato a fare l' amore con donne vere... Sorrido comunque a Moana e poi le dico: "Se tu non fossi finta, ti chiederei pure l' indirizzo di casa..." Moana accenna ad un furbesco sorriso e poi replica sagacemente: "Sono sempre meno finta di tante ragazze d' oggi: non trovi?" Io scoppio a ridere ma inaspettatamente le rispondo: "No, le ragazze di oggi sono strepitose!" Moana mi sussurra: "Se fossi una ragazza vera adesso mi accenderei una sigaretta!" Rido di gusto e le dico che, almeno lei, non mette in pericolo i miei polmoni.

D' improvviso mi ricordo che devono arrivare i tecnici della Oberwiser Instruments Products a ritirare la bambola ovvero la mia Moana! La guardo: il suo viso inconsapevole mi intenerisce, ha dei lineamenti da ragazza bellissima! Le urlo: "Presto! Presto! Dobbiamo fuggire! Stanno per arrivare i tecnici della Oberwiser, magari per smontarti o chissà cos' altro... ti vorranno riportare sicuramente alla Casa madre."

A Moana per un attimo lampeggiano gli occhi: "Stefano, noi abbiamo un microchip radarizzato al nostro interno, i tecnici sanno sempre dove trovarci e se non lo sai, hanno in dotazione, per i furbi, anche la pistola Bella statuina che ti paralizzera!" Sbiancai: "Paralizzera?" "Si, per un minuto esatto! Ed in quel minuto hanno tutto il tempo di prendermi e portarmi via..." sento le lacrime salirmi agli occhi: "Ma io... ti amo, Moana! Fuggiamo ins..." in quel preciso istante ecco l' epilogo: sbroom! Sbroom! Sbam!!! I tecnici sfondano la porta, entrano nella stanza e mi sparano con la pistola Bella statuina ... si portano facilmente via sexy-Moana che, per la verità, nemmeno accenna ad un minimo di resistenza.

Finisce così ahimè! La nostra bella storia d' amore.

Segmento terzo= Dove sono qui?

Dove sono qui? Ah, già Avveniristyc... oggi c'è lo sciopero dei dischi volanti ed io, in queste condizioni, dove vado? C'è lo sciopero, pertanto i viaggi interstellari per Sydorius e gli altri pianeti sono sospesi! Bella notizia davvero... ed io ora che faccio? Neanche Moana c'è più... peccato è stata una grande storia d' amore ed ora come posso raggiungere la città? Ah, ecco: c'è una ragazza laggiù, le urlo: "Hey tu! Come si può raggiungere Avveniristyc City?" "Dice a me? Usi il teletrasporto Kasper5!" "Cos'è? Come si fa a chiamarlo?" Lei mi sorride: "Si fa chiamandolo nel pensiero, proclamando (mi raccomando scandisca bene le parole...) la seguente formula: 77XKJ85 - Pronto! Ha capito?" "Credo di si, dunque: 77XK85..." "Non dimentichi la J! Dopo la K c'è la J..." "Ok! Ok..." "Ha capito quindi?" "Si, già... dunque la formula è: 77XKJ85. Giusto?" "Si, la saluto, ora devo scappare: bye bye!" La ragazza presto scompare alla mia vista, io provo a mettere in pratica quello che mi ha suggerito, ma non succede niente! Come mai? Com'è possibile? Che lei mi abbia truffato? Solo dopo un po' mi ricordo che alla fine della formula c'era una parola che prima avevo dimenticato di inserire, era un: "Pronto!" Squillante alla fine! Riprovo e questa volta funziona!

Il teletrasporto mi carica a bordo: è luminoso, con due lunghe panche attaccate alle pareti laterali ed è un modello mp55 cioè teleguidato, cioè senza autista. In compenso ha dei messaggi vocali pre-registrati come: "Sta facendo Buon viaggio signore?" in questo caso al singolare perché il mezzo è dotato di un sistema di rivelamento delle persone salite sul bus di teletrasporto, quello che io mi domando è questo: io sono l' unico passeggero perché sono stato l' unico a chiamarlo nel pensiero, o cosa? E se più persone lo chiamassero nello stesso momento che accadrebbe? Possono salire passeggeri in corsa? E soprattutto: il teletrasporto ha dei momenti di riposo o è sempre in attività? Boh, rinuncio a capire... per me è troppo difficile, mi preme solo di entrare in Avveniristyc City, città futuribile!

Segmento quarto= Le luci scintillano.

Avveniristyc bella come sempre! Le luci scintillano, si respira aria depurata in maniera persino più netta del passato: alberi, donne, dischi volanti, filo-bus sospesi... tutto magnifico come l' avevo lasciato prima...

eppoi i pannelli solari: ancora più potenti ed efficienti! Il petrolio ormai un sempre più lontano, lontanissimo ricordo...

Entro in un locale che pullula di giovani: ragazzi e ragazze che ballano e si dimenano e poi per soli 2 Cyborg-moneydesk se ne vanno nella stanza delle pomiciate sotto l' occhio discreto della videosorveglianza, sesso no! Per quello altri sono i luoghi deputati.

Ad Avveniristyc City, capitale dello Stato di Futuralandia tutto è pianificato per bene: sono felice qui.

Segmento quinto= Il Parco Centrale di Avveniristyc.

Il Parco Centrale di Avveniristyc è gigantesco! Circa 1,5 volte il vecchio Central Park di N.Y. ed è l' ideale per incontri a carattere matrimoniale o per praticare attività sportive, anche per portare a passeggio il cane ovviamente!

Gli alberi sono assai differenziati tra loro, infatti sono stati piantati semi geneticamente modificati a crescita ultra-rapida ed in aree del parco differenti si possono vedere alberi e piante di specie assai diverse per la gioia di grandi, piccini e botanisti.

I giochi per i bambini sono stati concentrati tutti nell' area centrale, ben visibili anche da lontano, distanti da cespugli ed anfratti vari e questo in funzione anti-pedofilia; le panchine dove le mamme e i nonni si possono sedere sono anch' esse nell' area centrale a contornare la zona dei giochi stessa e questo rende difficile l' avvicinamento di un qualsivoglia maleintenzionato.

Essendo l' area-giochi tutta al centro, sono stati ricavati due laghetti artificiali piccolini: uno ad est ed uno ad ovest.

A sud c'è la palestra all' aperto e a nord un gigantesco schermo dove proiettare i films, dalle 18 in poi.

A sud-est l' area concerti ed a sud-ovest il chiosco bar in legno, con tavolini e sedie sempre in legno.

A nord-est il tendone adibito alternativamente a sala-conferenze o a spazio-associazionistico, a nord-ovest il palco per gli spettacoli teatrali o di cabaret, a seconda del cartellone degli eventi.

Ci sono poi due piste: una molto esterna che avvolge tutto il perimetro del parco è che è divisa in due metà…

una metà è per i podisti e l' altra è per i ciclisti.

La seconda pista è molto più interna ed è riservata alle mountain-bike.

Ancora più interni poi, tra: alberi, sentieri sterrati e cespugli, passeggiano gli escursionisti della natura.

Questo parco, che presto sarà dotato di campi sportivi come campi per: calcio, tennis, golf, badminton e bocce (tutti sport che si possono fare anche sull' erba…) è stato candidato ufficialmente dall' Unesco per diventare un sito: Patrimonio Mondiale Immateriale dell' Umanità.

Qui, ad Avveniristyc City, sono tutti in fremente attesa del giorno in cui avverrà la proclamazione ufficiale.

Il tramonto ad Avveniristyc City è davvero suggestivo e mi rimanda ad un famoso film del regista francese, Erich Rhomer: "Il raggio verde", infatti in questa città la particolare rifrazione dell' ultimo raggio del sole, cioè il raggio verde, è piuttosto evidente e capita assai di frequente! Provo a guardarlo passeggiando verso il pontile e bevendo una Fanta-Coke (la nuova bibita nata dalla fusione tra Fanta e Coca-Cola… e per gli alcolisti esiste la versione con un' aggiunta di Rhum!) scendo in spiaggia, con gli amici e mi siedo sulla sabbia, a fronte del mare, con il vento che mi soffia forte in faccia.

Le spiaggie qui sono immense, il mare specchiato. Il lavoro che hanno fatto congiuntamente le varie forze politiche, di governo e di opposizione, per dotare la città delle strutture necessarie, è pazzesco!

Ci sono quasi 14 km. di passeggiata da fare sulla battigia, le Spiaggie sono bellissime ed interminabili.

Dopo alcuni km. di passeggiata incontro una mia amica, Beatrice e le chiedo come mai sia finita qui!

Lei mi sorride e mi dice che: "Avveniristyc City, Capitale Unica dello dello Stato di Futuralandia… è una città di incommensurabile bellezza! Non ce n'è un' altra in tutta la Galassia che le si possa paragonare…" La guardo e penso: ma è proprio lei, la mia Beatrice? La ragazza spirito libero che conobbi in Italia molti anni fa? Ora parla come un libro stampato ed un entusiasmo quasi fideistico pare averla contaminata da quando vive qua ad Avveniristyc, città scelta quale Capitale Unica dello Stato di Futuralandia, all' unanimità.

Se c'è un difetto, nella quasi totale mancanza di difetti del luogo, è che ad Avveniristyc si respira aria di unanimismo e di fastidio per qualsivoglia forma di pensiero libero o di pensiero diverso, originale; non è un luogo per liberi pensatori o cani sciolti decisamente.

Guardo la mia amica e le chiedo: "Ma tu sei uno spirito ribelle, come hai fatto ad adattarti qui?" Lei mi guarda, sbianca, mormora confusamente un: "Ma sai in Italia… tu conosci l' Italia: tutti contro tutti! Anche le forze politiche che si scagliano le une contro le altre… interessi particolari, corruzione, ognuno che cerca di fregare l' altro! Qui è diverso, si lavora tutti assieme, il Buon esempio lo danno le forze politiche, maggioranza ed opposizione, che lavorano fianco a fianco e risolvono problemi! Qui è bello: non c'è l' interesse particolare ma solo quello generale, qui è stata praticamente abolita la conflittualità!" Comincia un po' ad inquietarmi questa Avveniristyc City, dove tutti filano sempre d' amore e d' accordo, specie a livello politico.

Un luogo dove tutto è calmo e perfetto… e chi non si allinea? Cosa succede a chi non si allinea? Finisce forse in un Lager? "No, Stefano! Qui non esistono lager, ma non ti posso dire di più… alle domande dei non-cittadini possono rispondere solo i clochard" "Possono rispondere solo i mendicanti? E che significa?" Lei mi guarda, con espressione incantata, poi: "I barboni rappresentano un po' la bocca della verità, sono filosofi e possono dire anche cose sgradite e poi, se qualcuno dovesse proprio metterli alle strette e rivelare ciò che loro gli hanno detto... beh: hanno sempre la bottiglia di birra, vino o grappa vicino, non sono attendibili insomma!" "C'è qualcosa di compromettente al riguardo?" Le domando, la ragazza mi guarda negli occhi, mi prende la mano tra le sue ed avvicinandomi la testa mi dice: "No, Stefano, niente!" Ci lasciamo al tavolino di un chiosco-bar, davanti ad un cappuccino ed un tramezzino, con la promessa di rivederci al più presto, ma dentro di me ormai volevo una cosa sola: trovare al più presto un mendicante.

Prima di andare alla ricerca del mendicante voglio però fermarmi in un bar a prendere qualcosa, magari un caffè!

Alfine lo trovo, è un bar di quelli definiti: acchiappapassanti... lucette, suoni ipnotici, proiezioni improvvise di luci psichedeliche ed insegne cangianti.

Non è proprio ciò che avrei voluto, avrei decisamente preferito un bar appartato e silenzioso ma, proprio nel momento in cui faccio per allontanarmi, ecco che escono le bariste acchiappacitrulli, cioè due ragazze discinte e piuttosto procaci che mi si avvicinano esclamando: "Benvenuto, signore: caffè gratis!!!" dicendo ciò mi afferrano per le braccia e mi sussurrano: "Venga con noi, non se ne pentirà..." entro, un po' recalcitrante ma stordito nel bar... la gente mi guarda senza quasi espressione, le ragazze mi lasciano, al bancone mi viene servito il caffè, alla fine pago metà tariffa (Il caffè costa 1/2 tomoj ed io pago1/4 di esso).

Accenno ad una timida protesta domandando: "Ma il caffè non era gratis?" mi viene risposto che lo è, ma diluito in due volte: " Metà questa e l' altra metà la prossima... ecco le diamo un cartoncino e ci mettiamo un timbro, la prossima volta ci porta il cartoncino e facciamo il secondo timbro, così avrà il suo caffè gratis ancora per metà..." mi sento preso in giro ma non dico niente, anche perché la gente sembra tranquilla e rilassata.

Sorseggio il mio caffè molto lentamente ed intanto cerco di captare le conversazioni attorno... si parla poco, perlopiù di cose legate al quotidiano, alla famiglia, gli amici.

Ad un certo punto, quasi spazientito, rivolgo una domanda agli astanti, scandendo le seguenti parole: "Scusatemi, ma sono un turista, vorrei sapere una cosa: com'è il vostro governo?" dapprima un silenzio, quasi assoluto, si spande per il locale poi un signore con calma mi dice: "Abbiamo un sistema razionale in cui Governo ed Opposizione collaborano tra loro per la risoluzione dei problemi, dimodoche` le cose che non vanno non sono poi molte... " ; controbatto facendo presente che in quel modo è come se ci fosse un Partito Unico che decide in tutto e per tutto! Dopo alcuni colpi di tosse, lo stesso signore di prima, un tranquillo signore di mezz' età, mi spiega che: un Partito ha un orientamento più verso destra e l' altro più verso sinistra e la gente decide, di volta in volta, quale deve essere maggioranza e quale opposizione. Punto.

Cerco di riprendere uno straccio di conversazione, ma il signore termina la sua consumazione e senza dire una parola, paga, fa un cenno col capo al barista ed esce.

Capisco quindi che non c'era altro da aggiungere: la politica me l' hanno spiegata... e bene!

Ora, agitato più di prima, riprendo la ricerca del mendicante.

Segmento sesto= Dialogo con il mendicante.

Eccolo il mendicante l' ho finalmente trovato! Mi avvicino e gli dico: "Senti, vado a comprare una bottiglia di vino, due bicchieri e... parliamo un po'!" Lui mi guarda, con sguardo assente, come se non capisse... poi mi fa un cenno con la testa, io: vado, compro, ci provo tristemente con la commessa, torno... beh, ciao vecchio mio, a presto! Sono ormai diversi minuti che discorriamo quando mi decido a porgli finalmente la questione: "E... ehm! Chi non si allinea al Potere: che gli succede?" Ecco che il mendicante mi versa del vino nel bicchiere, poi prende dalla sacca appoggiata al muro una micro-bottiglia di grappa e ce la svuota dentro! "Bevi! Bevi!" Mi incita "Cosa sta roba: vino e grappa?" "Vino e grappa: buono, buonissimo!" Bevo... Puah! Che schifo... faccio la faccia disgustata, lui mi osserva, poi allunga ancora il mio bicchiere, solo vino stavolta e comincia a parlare: "Ad Avveniristyc sarebbe ingiusto criticare gli enormi sforzi che i Partiti politici fanno per la popolazione..." "Vabbè... e chi lo fa?"

"Chi lo fa, chi lo fa... trallallerotrallalla`!" Il clochard si mette a cantare una nenia irrisoria e fastidiosa, sto per scoppiare... allora lui si fa serio e riprende a parlare dicendomi: "Chi lo fa non è normale, va aiutato..." "Aiutato?" "Curato. Con le voci nella testa! Esistono, ma sia ben chiaro io non l' ho mai detto, esistono dicevo degli speciali macchinari che permettono alle Forze di Sicurezza dello Stato di leggere nel pensiero a distanza, di comunicare, di dare degli input... sono in sostanza delle psicoterapie a distanza che permettono appunto di curare il cervello delle persone malate dando loro assistenza ed in questo modo si indirizzano nel modo più corretto possibile i loro pensieri, perché vedi: senza la Politica non può esistere nemmeno la Società nella quale noi tutti viviamo ed avere la percezione di quello che le Forze politiche fanno per noi ed il nostro benessere è assolutamente fondamentale! Senza di loro, i Partiti, ci sarebbe solo il caos... e noi vogliamo sostituire la nostra democrazia con il caos? Non permetteremo a nessuno di distruggere la nostra democrazia!!!" A questo punto mi alzo: ho sentito delle cose sconvolgenti e me le faccio bastare! Saluto questo vecchio beone e me ne vado, credo di avere udito abbastanza!!! La splendida Avveniristyc City nasconde dei segreti inquietanti... altro che libertà! Qui, come ti sgamano che non sei un pecorone bene inserito negli ingranaggi, ti aggiustano ben bene! E partono dal cervello: aberrante! Il controllo all' indirizzo di tutti quei cervelli considerati come deviati... e non importa che tu voti i Partiti di governo o quelli di opposizione che tanto è tutto un gioco delle parti! Come faccio a contattare eventualmente i capi dei sovversivi? Quanti di essi saranno già sotto il loro controllo? Ci sarà un registro segreto di tutti quelli che hanno il cervello controllato, spiato? E dove trovarlo? Per fare poi cosa? E quei macchinari tecnologici che usano, dove saranno nascosti? Sembra una strada senza via d' uscita!

Vorrei andarmene... davvero vorrei andarmene da questa Avveniristyc City, ma intanto non devo dare nell' occhio in nessun modo, devo apparire come un normale, soddisfatto cittadino di Avveniristyc: la Capitale Unica dello Stato di Futuralandia, Galassia del Sole!

Segmento settimo= La guardarobiera.

Avveniristyc City, questa città non finisce di stupirmi!

E decido di trovarmi un posto per la notte.

Il posto alfine lo trovo... ma è in apparenza un tugurio! Solo all' esterno però, dentro invece è invece uno spettacolo assoluto!

Come si entra infatti c'è un lungo corridoio, si passa su un tappeto rosso ed anche le pareti ed il soffitto sono rivestiti dello stesso tessuto e dello stesso colore.

Si arriva al termine del corridoio e qui c'è un bancone dove dietro lavora una guardarobiera e si lasciano i cappotti ed i giubbotti ecc.e poi ella mi indica due porte attraverso le quali si può accedere alle sale, chiedo alla ragazza, una mora ed ella mi conferma che le porte sono due, quella a destra: "La porterà verso i tunnel-labirintici, passati i quali arriverà al Palazzo dell' Imperatore e vivrà mille e mille avventure! Ma è spaventoso: già 37 persone negli ultimi 5 anni sono morte d' infarto, non glielo consiglio! A sinistra c'è il cinema real-virtuale: lei prenota un film, tra quelli presenti nel nostro archivio, preme un bottone che farà girare una ruota e se uscirà il numeretto corrispondente lei potrà entrare nel film e parteciparvi con un ruolo da protagonista!

Poi, quando si sarà stufato, potrà uscirne e andarsene dove vuole, anche a casa sua.

C'è anche una terza possibilità: io le ridò il cappotto, lei paga la penale prevista di 2 Cyborg-moneydesk e fa immediato dietrofront, allora?" Io non so cosa scegliere, glielo faccio capire alla guardarobiera la quale in quel momento distoglie lo sguardo, la guardo e mi viene voglia di possederla... alche` ella si volta da un' altra parte e mi borbotta confusamente qualcosa: "Guardi... anche se volessi, non potrei..." arrossisce, quasi si schernisce, ora è voltata di nuovo verso di me, ma... come è possibile? Io non ho parlato, ho solo pensato... non è che le Forze di Sicurezza hanno messo sotto controllo anche il mio cervello? Forse la ragazza bruna è una spia

per conto dello Stato e mi scruta nei pensieri...

Sono in panico, che fare???

Avveniristyc la adoravo, ma ora davvero preferirei trovarmi a Fantasylandia oppure a casa mia ad Ostia o chesso`... non so, ma qualunque posto credo che sarebbe meglio che qui... mi sento triste, vorrei andare in un altro altrove, distante da qua, in una Società libera: senza l' onnipresenza dei Partiti politici, senza la lettura a distanza del pensiero, senza l' adesione fideistica della popolazione al Potere... vorrei potermene tornare indietro; a questo punto una voce interrompe i miei pensieri dicendomi: "Lei è un turista, vero? Lo sappiamo che non è un residente... una via d' uscita gliela offriamo noi: firmi ad un nostro funzionario, che presto verrà da lei, un Atto di entusiasmo e sarà libero di andarsene da qui entro 75 ore! Ovvero tre giorni di Avveniristyc City". Io alzo lo sguardo verso il cielo e rispondo a voce alta: "Atto d' entusiasmo" ? E... che è?" Una risata pare echeggiare dal cielo, poi la voce di prima riprende a parlarmi: "Noi abbiamo ricostruito tutto il suo percorso qui ad Avveniristyc, compreso il suo incontro con la sua amica e con il simpatico clochard, Tobia! E... niente! Lei deve solo firmare un foglio dove dovrà scrivere e crediamo di interpretare bene le sue intenzioni, dovrà fare insomma delle dichiarazioni entusiastiche su Avveniristyc City e sull' immenso livello di civiltà raggiunto dalla sua popolazione: cosa gliene pare?" Sono sbalordito! Non so cosa rispondere, forse faccio una faccia strana, poi le onde elettromagnetiche paiono sfiorarmi il cuore... domando: "Cos'era quella specie di solletico?" La voce prontamente mi risponde: "Siamo certi che nel rispondere lei saprà usare bene il cuore..." Sbianco: "E la mia amica che fine farà?" "Non si preoccupi, la sua amica è una cittadina esemplare! Anche se... pensi che ella, il primo giorno che venne qui dall' Italia, si diede molto da fare a cercare di reperire una dose di droga. Ci mettemmo niente a farle sentire il nostro affetto Istituzionale ..." "Cioè con la manipolazione delle onde elettromagnetiche?" "Le onde vagano: possono parlare al cervello o al cuore delle persone, a seconda di quello che c'è da curare..." Sono in agitazione, gli faccio presente che le onde possono anche fare male, cinicamente mi arriva la seguente risposta: "Fanno male solo a chi vuole male alla nostra Società! Appena si rientra nei binari previsti e si dà segno di senso di responsabilità le onde, come sono arrivate, così se ne vanno... però noi, seppur da lontano, siamo sempre con voi! Lo Stato non lascia mai soli i suoi cittadini... allora cosa vuol fare: andarsene o tentare di cambiare il nostro Sistema?" A questo punto scoppio a piangere, ho capito che qui ad Avveniristyc City hanno trovato un Sistema che non si può fregare: i Partiti uniti hanno escogitato un meccanismo perfetto che consentirà loro di gestire il Potere come gli pare e piace! Abbasso il capo e timidamente chiedo loro: "A che ora passa la prima astronave per l' Italia?".

INDICE

Youcanprint
Finito di stampare nel mese di novembre 2019